**CÍRCULO
DE POEMAS**

Mistura adúltera de tudo
A poesia brasileira dos anos 1970 até aqui

Renan Nuernberger

MISTURA ADÚLTERA DE TUDO

*Esgotado o eu, resta o espanto do mundo não ser
levado junto de roldão.*

Waly Salomão

Nunca é demais recordar: *a memória é uma ilha de edição*. Individual ou coletivo, o passado deve ser encarado como uma substância viva, cuja formulação consistente depende dos talentos e das limitações de quem a manipula, bem como dos valores e das ideias em disputa numa determinada comunidade. Disso advém o trabalho infindável do pensamento crítico, dentro do qual a mais estrita atenção ao presente exige uma elaboração dos acontecimentos passados — uma vez que são os nexos e as lacunas entre diferentes eventos que dão contornos à nossa visão do momento atual — e pode conter, nos melhores casos, uma projeção de futuro — cujo grau de acerto se dá em retrospectiva, à medida que nos aproximamos ou nos afastamos das trilhas imaginadas para além do instante imediato.

Não ignoro que essa concepção de crítica que defendo é, em si mesma, um produto histórico, assentado em pressupostos e convenções partilhados, consciente ou inconscientemente, no período ainda hoje reconhecido como modernidade. Quando colocada em perspectiva, portanto, tal concepção não deixa de ser também um tanto nostálgica, correndo o risco de tornar-se insensível às inegáveis reconfigurações da vida social nesta década inédita (já estamos em 2024!) ou, pior ainda, correndo o risco de tornar-se danosamente regressiva, na fantasiosa busca por uma época inexistente na qual tudo teria funcionado de modo integrado. Em minha defesa, contudo, observo que a nostalgia é, em certo sentido, um sintoma coletivo, nutrido por parte da produção cultural contemporânea, mesmo quando revestido de ironia — como se fosse possível consumir os espectros dos objetos perdidos para evitar o penoso trabalho de luto.

Por outro lado, se essa nostalgia ironizada foi, muitas vezes, entendida como a principal característica das artes nas últimas décadas do século passado (com especial destaque para a arquitetura), é curioso constatar que sua manifestação está atrelada àquilo que diversos pensadores consideram como uma crise no "regime de historicidade" dos tempos modernos, que assume a forma de um "presente perpétuo",[*] cuja instauração parece colocar sob suspeita a proposta deste ensaio: evocar, mais uma vez, a poesia produzida no Brasil na década de 1970 como um campo de experiência potencialmente partilhável, vislumbrando nele um acúmulo de questões que ainda estão na ordem do dia.

Nesse sentido, o aparente paradoxo entre minha perspectiva crítica e a sensação de presente perpétuo ganha uma outra dobra, já que essa crise do regime de historicidade começa a ser anunciada justamente nos anos 1970, momento em que o horizonte de expectativas quanto à

---

[*] Cf. HARTOG, François. *Regimes de historicidade: presentismo e experiência do tempo.* Trad. de Andréa S. de Menezes, Bruna Breffart, Camila R. Moraes, Maria Cristina de A. Silva e Maria Helena Martins. Belo Horizonte: Autêntica, 2014, p. 39.

construção de um futuro emancipado, após uma série de derrocadas de movimentos sociais no mundo todo, torna-se um ponto de fuga cada vez mais distante. Mesmo no debate artístico, os anos 1970 são atravessados pela disputa em torno das consequências do esgotamento da arte moderna, entendido ora como esvaziamento da verdadeira energia utópica das vanguardas do início do século 20, ora como desvendamento das ilusões revolucionárias dessas mesmas vanguardas, o que não deixa de ser uma das facetas da anunciada mudança no regime de historicidade.

A percepção dessa mudança já aparecia, por exemplo, em 1972, nas páginas finais de *Os filhos do barro*, de Octavio Paz:

> O descrédito com relação ao futuro e seus paraísos geométricos é geral. O que não é nada estranho: em nome da construção do futuro, meio planeta se cobriu de campos de trabalho forçado. [...]. A mocidade quer acabar com a situação atual porque é um presente que nos oprime em nome de um futuro quimérico. Esperam instintiva e confusamente que a destruição deste presente provoque a aparição do *outro* presente e seus valores corporais, intuitivos e mágicos. [...]
>
> A Política deixa de ser a construção do futuro: sua missão é tornar o presente habitável.*

Associando a afloração corporal da contracultura (que teria no happening sua manifestação artística mais evidente) ao descrédito geral quanto à criação de um "fu-

---

* PAZ, Octavio. "O ocaso da vanguarda". In: *Os filhos do barro: do romantismo à vanguarda*. Trad. de Ari Roitman e Paulina Wacht. São Paulo: Cosac Naify, 2013, p. 158-61.

turo quimérico", Paz reivindica a força política da "agoridade", cuja tarefa seria tornar o próprio presente "habitável". Olhando em retrospectiva, a percepção permanece arguta, embora exija uma observação atualizada: se, no início da década de 1970, essa missão parecia conter, em si mesma, um outro tipo de emancipação — suspendendo a promessa de futuro, seria possível engajar-se nas pequenas lutas do cotidiano —, é preciso considerar que, nas décadas seguintes, a consolidação desse "presentismo" também se revelou como um violento mecanismo de perpetuação do capitalismo tardio em escala planetária, culminando, inclusive, nas diversas reflexões sobre um presumível "fim da história" nos anos 1990.

Diante dos efeitos da emergência climática, da revogação de direitos sociais e da ascensão de uma nova extrema direita, podemos afirmar, talvez como nunca, que neste momento nossa tarefa é ainda, como formulou Octavio Paz, a de tornar o presente habitável. Tal inflexão, no entanto, não é resultado de uma conquista efetiva da juventude dos anos 1970, mas uma necessidade de resistência contra a voracidade da exploração do capital que, em nosso quadrante histórico, se apresenta como uma condição insuperável. Nisso, porém, temos algo a aprender com a experiência daqueles mesmos anos 1970, sobretudo nos países da América Latina: reconhecendo as diferentes estratégias de enfrentamento cotidiano contra a brutalidade dos governos ditatoriais, talvez intuamos novas formas de restabelecer laços de solidariedade, sendo capazes de encarar os impasses específicos da situação contemporânea.

Como sabemos, a oposição à ditadura civil-militar no Brasil esteve diretamente articulada a um amplo trabalho de resistência cultural, composto a partir de variadas tendências artísticas (nem sempre conciliáveis entre si). No caso da produção poética, um interessante emblema dessa resistência pode ser encontrado num evento realizado na PUC do Rio de Janeiro, em 1973, intitulado Expoesia I. Organizado por Affonso Romano de Sant'Anna, esse evento reuniu trabalhos de inúmeros poetas, colocando em evidência alguns dos principais movimentos em embate naquele período: exposições de objetos, exibição de filmes, performances e lançamento coletivo de livros (como *O misterioso ladrão de Tenerife*, de Afonso Henriques Neto e Eudoro Augusto, e *Esqueci de avisar que estou vivo*, de Leonardo Fróes), além de palestras sobre a geração de 45 (Lêdo Ivo), a poesia neoconcreta (Roberto Pontual), a instauração-práxis (Mário Chamie), o poema-processo (Álvaro de Sá, Moacy Cirne e Lara de Lemos) e a tropicália (Reynaldo Jardim e Luís Carlos Maciel), revelaram um vasto panorama da poesia brasileira, com destaque para a mesa de encerramento sobre a relação entre música popular e poesia (João Cabral de Melo Neto, Chico Buarque, Gilberto Gil, Jards Macalé e Ronaldo Bastos).

Uma rápida busca na hemeroteca digital da Biblioteca Nacional demonstra que a Expoesia I teve boa cobertura na imprensa. No dia 25 de setembro de 1973, o *Jornal do Brasil* publicou um pequeno texto que explicita as pretensões do evento:

> Todo poeta novo interessado em mostrar seus trabalhos deve encaminhar à PUC do Rio de Janeiro, até o dia 15, poemas escritos, sonoros e visuais a fim de poder participar da Expoesia I, que será realizada de 22 a 29 de outubro,

numa promoção do departamento de Letras e Artes da Universidade.

A Expoesia I terá uma parte retrospectiva, com mostra e debates sobre concretismo, neoconcretismo, *práxis*, poema-processo e *undergrália* (mistura de underground com tropicália) e outra de levantamento da poesia que está se fazendo hoje e sua relação com os movimentos de vanguarda e com a música popular.[*]

Mistura de anúncio classificado e nota de divulgação, o texto anônimo convoca os "novos poetas" para ampliarem o ponto de chegada da "parte retrospectiva" do evento, fomentando um "levantamento" da produção contemporânea que já possuía, a priori, suas balizas bem definidas: os "movimentos de vanguarda" e a música popular. Obviamente, não se tratava de uma definição arbitrária, na medida em que a poesia concreta — com todas as suas dissidências ali contempladas — e a canção tropicalista mantinham-se, de fato, como os dois principais movimentos renovadores da produção poética brasileira (considerando, inclusive, a querela quanto ao valor literário das letras das canções). Na outra ponta, como resultado desse levantamento da Expoesia I, surgiriam as primeiras considerações críticas sobre um fenômeno novo, ainda sem nome, que ficaria conhecido como poesia marginal.

---

[*] "Expoesia I aceita até dia 15 de outubro o trabalho de novos poetas". In: *Jornal do Brasil*, 1º Caderno, 25 set. 1973, p. 10. Disponível em: <www.memoria.bn.br/DocReader/DocReaderMobile.aspx?bib=030015_09&pagfis=18673>. Acesso em: 17 nov. 2023. É interessante assinalar que, nessa mesma nota, José Lino Grünewald e Décio Pignatari apareciam como parte da comissão organizadora, embora depois não tenham participado do evento.

Desse modo, a constelação apresentada pela Expoesia I nos dá a ver a abrangência da poesia daquele início de década. Mesmo a ausência dos poetas concretos de São Paulo — que, apesar de convidados, negaram-se a participar do evento — é um dado revelador das disputas então em curso. No limite, aliás, a própria ideia de uma "parte retrospectiva" torna-se um tanto anacrônica, uma vez que muitos dos envolvidos naqueles movimentos estavam vivos e atuantes — observação que poderia ser ampliada, por exemplo, ao trabalho de Orides Fontela, que publicaria *Helianto*, ou José Paulo Paes, que publicaria *Meia palavra*, ambos no mesmo ano de 1973. Por sua vez, o diálogo com a canção popular, enfatizado na Expoesia I, mostrava-se como um novo espaço de exploração das palavras, atraindo muitos dos melhores poetas do período, como Capinam, Waly Salomão, Duda Machado e, pouco depois, Cacaso e Paulo Leminski.

Após a Expoesia I na PUC-Rio, houve mais duas edições do evento: a Expoesia II, realizada na Fundação Cultural de Curitiba, e a Expoesia III, na Faculdade de Filosofia Santa Doroteia, em Nova Friburgo. Segundo Affonso Romano de Sant'Anna, a Fundação Cultural do Distrito Federal, a Prefeitura de São Paulo e o Instituto do Livro do Rio Grande do Sul interessaram-se em promover outras edições, o que acabou não ocorrendo devido às dificuldades trazidas pela necessária dedicação que o organizador precisaria dispensar ao projeto.*

---

* Cf. SANT'ANNA, Affonso Romano de. "Pós-vanguardas: a desrepressão (formal)". In: *Música popular e moderna poesia brasileira*. Rio de Janeiro: Nova Alexandria, 2013, p. 205.

Por tudo isso, é instigante notar que, em 2023, o aniversário de cinquenta anos da Expoesia I passou despercebido. Num ambiente que preza pela pluralidade — dentro do qual o debate estético não se conforma mais a partir de programas restritivos — e que tende a celebrar as mais diversas efemérides — o que fica patente, por exemplo, no colofão de alguns livros contemporâneos —, parece-me sintomático o apagamento de um evento que propunha a convivência (mais ou menos pacífica) entre várias tendências poéticas e a recapitulação positiva dos mais importantes movimentos das décadas anteriores.

Desconfiada quanto à ideia de uma reflexão totalizante, que se constituiria a partir de mecanismos de aproximações (e, por consequência, exclusões) dos traços mais significativos de uma época, boa parte do esforço da crítica atual tem se voltado ao resgate de trajetórias individuais que foram minimizadas nos estudos de poesia brasileira do século 20. Sem menosprezar a importância desse gesto — que, nos últimos anos, colocou em circulação muitas obras de grande interesse —, sugiro, porém, que é preciso articular esse resgate ao panorama da produção de cada período, de modo a explicitar aquilo que emerge do contraste entre diferentes poéticas. Assim, mais do que apenas denunciar o aspecto excludente dos estudos do passado, será possível estabelecer uma perspectiva renovada acerca dessa totalidade (instável) que chamamos de poesia brasileira, abrindo, inclusive, outros percursos para a compreensão dos poetas mais "canônicos" e cujas obras, sem dúvida, podem ser lidas de maneira mais arejada.

Quando abdicamos dessa conjunção entre poéticas antagônicas, evitando o caráter polêmico inerente ao campo das oposições,* ignoramos que uma outra totalidade se estabelece, submetendo tudo a seu único critério homogeneizante: sem a fricção do debate entre artistas, a esfera do mercado, na qual todos estamos inseridos, desmancha as diferenças formais em favor de uma supostamente irrestrita fruição estética, cujo resultado, no limite, é uma relação anestesiada com as obras, consumidas (e logo depois descartadas) com uma rapidez que impede a consolidação de um novo paradigma mais ampliado. Em vez de uma bem decantada expansão, fundamental para reparar os erros históricos do país também no campo da poesia, temos na verdade uma inclusão parcial, que mantém os poetas redescobertos apartados do ambiente literário no qual circularam e dentro do qual (ou contra o qual) produziram sua escrita.

Voltando à década de 1970, entretanto, tal sintoma revela um impasse que está na base da própria Expoesia I: como criar um *evento coletivo* (no sentido forte de ambos os termos) num momento de considerável desagregação, marcado no Brasil pela fase mais repressiva da ditadura? Por esse ângulo, o anúncio aos novos poetas publicado no *Jornal do Brasil* adquire inegável tom de apelo, sugerindo a necessidade de construção de uma comunidade poética que se reconhecesse enquanto tal. O próprio nome "expoesia", palavra-valise que pode ser entendida tanto como projeção ("exposição da poesia") quanto como

---

* Até onde sei, o último trabalho propositivo de um poeta que repensa o panorama da produção brasileira contemporânea sem abdicar desse caráter polêmico é o ensaio de Ricardo Domeneck, "De figurinos possíveis em um cenário em construção" (separata da revista *Modo de Usar & Co.*, n. 1. Rio de Janeiro: Berinjela, 2007). Que, entre os poetas da década de 2010, haja poucas remissões ao ensaio de Domeneck acaba sendo uma prova da dificuldade de restabelecimento do debate estético entre nós.

dissolução ("poesia extinta"), carrega em si a ambiguidade desse impasse, apontando, inclusive, para a dificuldade da crítica em considerar a produção mais recente como verdadeira poesia.

Tendo tudo isso em vista, apesar das objeções à estrutura geral do evento, Heloísa Teixeira e Cacaso proporiam, em janeiro de 1974, uma reflexão cuidadosa sobre a Expoesia I, valorizando sobretudo o "ato de resistência" engendrado pela produção da "geração mimeógrafo":

> Lentamente vai se criando em nossos principais centros urbanos uma espécie de circuito semimarginal de edição e distribuição, o que é certamente uma resposta política ao conjunto de adversidades reinantes. [...].
>
> E, neste caso, os critérios propriamente literários de avaliação passam para segundo plano, e nos defrontamos com um fenômeno que tem, sobretudo, valor de atitude. Neste caso, estar fazendo poesia é mais importante do que o produto final. Esta atitude ambígua consolida, no plano ideológico, a necessidade vital de retomar a criação, de não se deixar paralisar pelos esquemas paralisantes, de resistir. Forma de preservação da individualidade, essa poesia dispersa é muito mais a busca de reconhecimento e identidade, maneira precária de dizer que estamos vivos, do que um acontecimento "literário".*

Embora os dois autores tenham reavaliado esse juízo em seus escritos posteriores, o registro no calor da

---

* BRITO, Antonio Carlos de; HOLLANDA, Heloísa Buarque de. "Nosso verso de pé quebrado". In: *Argumento – revista mensal de cultura*, n. 3. São Paulo: Paz e Terra, jan. 1974, pp. 81-3.

hora atesta a dificuldade em abordar o "surto poético" daqueles anos 1970. Valendo como "resposta política", a produção dos jovens poetas não deveria ser analisada a partir dos "critérios propriamente literários", correspondo a uma ideia de "resistência" que estaria mais no ato do que no texto. De fato, parecia evidente para parte daquela geração que o grande barato estava mesmo na vida (da qual a arte deveria se reaproximar), fundamentando uma mudança de atitude que se fez presente nos corpos, nas roupas, nas relações interpessoais e, por fim, na própria linguagem. São os signos da contracultura que garantem o primeiro lampejo de identificação entre os jovens poetas dos 1970, ainda que, na prática, as realizações artísticas individuais apresentassem níveis de qualidade definitivamente muito desiguais.

Além disso, é instigante observar como Heloísa Teixeira e Cacaso, a princípio, recusam o rótulo, que seria difundido pela imprensa, de poesia marginal, preferindo antes apontar para o "circuito semimarginal de edição e distribuição". Mesmo sabendo que a defesa da marginalidade como comportamento desviante já aparecia na cultura brasileira desde o final da década de 1960, com a bandeira-poema *Seja marginal, seja herói* (1968), de Hélio Oiticica, é difícil sustentar que haja uma correlação imediata, por exemplo, entre os filmes de Rogério Sganzerla e os poemas de Charles Peixoto — embora uma comparação contrastiva entre cinema marginal e "poesia-mimeógrafo" ainda precise ser realizada. Para piorar, no calor do momento, a própria definição do que seria a poesia dita marginal era um tanto confusa: para alguns críticos, mesmo Júlio Castañon Guimarães, na época de seu livro de estreia, *Vertentes*, seria considerado um poeta marginal "acima de qualquer suspeita".*

Por sua vez, em "Nosso verso de pé quebrado", enfatizando o "circuito semimarginal", Heloísa Teixeira e Cacaso sugerem novamente que a característica essencial não está na forma literária, mas na estratégia de enfrentamento das condições objetivas impostas àqueles jovens autores sem acesso às editoras. Mais do que simplesmente custear seus próprios livros — como ocorrera, aliás, com a maior parte dos poetas brasileiros das décadas anteriores —, os jovens dos anos 1970 apropriaram-se de novas tecnologias, como o mimeógrafo e a fotocopiadora, que baratearam os custos e aceleraram a confecção dos livros, garantindo um aumento expressivo no número de publicações.

Nos melhores casos, essa apropriação transformava o próprio livro em objeto artístico, por vezes deliberadamente precário, como *Muito prazer, Ricardo* (1971), poemas de Chacal, com arte de Sérgio Liuzzi. Encantado com a descoberta de Oswald de Andrade — revitalizado, aliás, pelo esforço dos concretistas —,** Chacal propu-

---

* MELLO, Maria Amélia. "Quatro poetas marginais acima de qualquer suspeita". In: *Jornal do Brasil*, Caderno B, 9 maio 1976, p. 8. Disponível em: <www.memoria.bn.br/docreader/DocReader.aspx?bib=030015_09&pagfis=156198>. Acesso em: 17 nov. 2023. Os quatro poetas abordados na resenha são Gustavo Krause (*Pálpebra*), Antônio Carlos Secchin (*Ária de estação*), Júlio Castañon Guimarães (*Vertentes*) e Raul Miranda (*Canto mudo*).

** Nas palavras do próprio Chacal: "Foi o Charles que trouxe um livro que seria um grande marco na minha vida, que era o volume do Oswald de Andrade, daquela coleção da Agir, 'Nosso Clássicos'. Era um livro pequeno, com apresentação de Haroldo de Campos, e trazia manifestos, alguns poemas, além de trechos do *Serafim Ponte Grande* e do *Miramar*". In: COHN, Sérgio (Org.). *Nuvem Cigana: poesia & delírio no Rio dos anos 70*. Rio de Janeiro: Azougue, 2007, p. 20.

nha em sua estreia uma exploração lúdica de recursos gráficos, sem nenhum tipo de restrição programática. Veja-se, nesse sentido, o poema de abertura:*

Surgindo como uma poética em miniatura, o texto é também um slogan: "AS PALAVRAS", em caixa alta, são um novo brinquedo, com o selo de qualidade da marca Estrela (a maior fabricante brasileira de brinquedos dos anos 1970). A leveza graciosa — tão contrária, por exemplo, à robustez enigmática de "Procura da poesia", de Carlos Drummond de Andrade — associa-se, de maneira difusa, à tradição, uma vez que as estrelas podem ser tomadas como um altivo emblema poético, inclusive na modernidade.** Por seu turno, a ilustração irregular, salpicando a página com desenhos de traços simples, dá a

---

* CHACAL. *Muito prazer, Ricardo*. Rio de Janeiro: edição do autor, 1971, s.p.

** Sobre o "tema estelar" na poesia brasileira dos anos 1970 e sua relação com Mallarmé, recomendo o ensaio de André Goldfeder, "Estrelas de Letras. Teatralidades do poema no Brasil pós-1970". In: *ELyra: revista da rede internacional Lyracompoetics*, n. 17, 2021, pp. 199-223.

ver uma pequena constelação, o que replica a ludicidade do texto no plano visual. Não se trata aqui de um jogo *de* palavras — aquele "xadrez de estrelas", que poucos anos depois, em 1976, daria título à reunião poética de Haroldo de Campos —, mas do jogo *das* palavras, no qual a genuína curtição de revirá-las não abole a autoironia de oferecê-las como uma instantânea mercadoria.[*]

Diante do "circuito semimarginal", o feliz desembaraço de Chacal é também uma antecipação do destino de alguns dos melhores poetas dos anos 1970, os quais produziram, *em grupo*, as condições de circulação (e mesmo de fruição) de suas obras até se tornarem um grande sucesso editorial na década seguinte, sobretudo na coleção Cantadas Literárias. Creio, aliás, que a poética da maior parte dos letristas do rock brasileiro dos anos 1980 — a começar por Cazuza, apelido tão perfeito para um poeta marginal! — é um desdobramento direto da linguagem forjada pela "geração mimeógrafo" e, por isso mesmo, faz muito sentido que um escritor como Bernardo Vilhena tenha se tornado parceiro constante de músicos como Ritchie ("Menina veneno", "Voo do coração") e Lobão ("Vida louca vida", "Revanche").

A necessidade de "ocupar espaço" — tão enfatizada por Torquato Neto,[**] o maior farol daquela geração — se

---

[*] Entre parênteses: essa condição já estava intuída no livro de estreia de Chico Alvim, *O sol dos cegos* (1968), cuja última parte é intitulada "Amostra grátis". Cito, nesse sentido, o famoso poema que abre a seção: "Poesia/ – espinha dorsal/ Não te quero/ fezes/ nem flores/ Quero-te aberta/ para o que der e vier". In: ALVIM, Francisco. *Passatempo e outros poemas*. São Paulo: Brasiliense, 1981, p. 119.

[**] "E agora? Eu não conheço uma resposta melhor do que esta: vamos continuar. E a primeira providência continua sendo a mesma de sempre: conquistar espaço, ocupar espaço. Inventar os filmes,

desdobraria em iniciativas como a Nuvem Cigana, produtora multimídia que promoveria eventos performáticos (Artimanhas), animaria o carnaval de rua (Bloco Charme da Simpatia), organizaria revistas (*Almanaque Biotônico Vitalidade*), elaboraria calendários artísticos e editaria livros com acabamento profissional.* Por isso, é sempre importante frisar que as edições originais dos poetas marginais não se restringiram apenas ao mimeógrafo, equipamento de acesso relativamente fácil, cujas limitações técnicas são muitas vezes confundidas com desleixo gráfico.

Por exemplo, as dimensões ironicamente reduzidas de *Correspondência completa* (1979), poema-carta de Ana Cristina Cesar com projeto gráfico de Heloísa Teixeira, atestam o apuro visual da autora, diretamente envolvida na elaboração material do livro. Assim, contendo uma única carta assinada ficcionalmente por "Júlia", *Correspondência completa* traz também uma importante dimensão metalinguística — a qual, ao reforçar a própria existência física do livro, embaralha ainda mais a duvidosa "confissão" da poeta:

> Passei a tarde na gráfica. O coronel implicou outra vez com as ideias mirabolantes da programação. Mas isso é que é

→ fornecer argumentos para os senhores historiadores que ainda vão pintar, mais tarde, depois que a vida não se extinga. Aqui como em toda parte: agora". In: NETO, Torquato. *Os últimos dias de Paupéria*. Rio de Janeiro: Eldorado, 1973, p. 29.

* Lúcia Lobo, uma das principais idealizadoras da Nuvem Cigana, relembra que "*Creme de lua*, como chamou o livro de Charles, foi o primeiro feito com o selo da Nuvem. Com ele a gente começou a tentar fazer uma distribuição mais organizada dos livros, colocar em algumas livrarias, ter pessoas comissionadas que iam para as portas dos teatros vender". In: COHN, Sérgio (Org.). *Nuvem Cigana: poesia & delírio no Rio dos anos 70*. Rio de Janeiro: Azougue, 2007, p. 74.

bom. Escrever é a parte que chateia, fico com dor nas costas e remorso de vampiro. Vou fazer um curso secreto de artes gráficas. Inventar o livro antes do texto. Inventar o texto para caber no livro. O livro é anterior. O prazer é anterior, boboca.*

Antes da dolorosa chateação da escrita, "afrontamento do desejo",** está o prazer de "inventar o livro" como uma insuspeitável artista plástica. As palavras, manchas de tinta no papel, estão ali, mas deslizam sempre para sentidos instáveis: "corar", "chorar". O falso erro datilográfico, justificado no post-scriptum da carta, não é corrigido em favor de um "certo ar perfeito", colocando em outros termos a oposição entre chateação e prazer: de um lado, a presença incômoda do corpo ("dor nas costas") e a apropriação do trabalho alheio ("remorso de vampiro"), do outro, a frieza impecável da "paginação gelomatic" — nome que remete a uma grande marca brasileira de geladeiras, cuja tipologia dos anos 1950, aliás, foi criada pelo artista concreto Alexandre Wollner.***

gelomatic

* CESAR, Ana Cristina. *Correspondência completa.* 2ª ed. fac-similar. São Paulo: Companhia das Letras, 2013, pp. 8-9.

** Refiro-me aos versos iniciais de "Nada, esta espuma": "Por afrontamento do desejo/ insisto na maldade de escrever". CESAR, Ana Cristina. *Poética.* São Paulo: Companhia das Letras, 2013, p. 27.

*** Cf. REIS, Amelia Paes Vieira. *Design concretista: um estudo das relações entre o design gráfico, a poesia e as artes plásticas concretistas no Brasil, de 1950 a 1964.* Pontifícia Universidade Católica do Rio de Janeiro, 2005, p. 113. Dissertação de mestrado (Design).

É irresistível pensar que, por meio da prosa de Júlia, Ana Cristina faz uma pequena troça da obsessão concretista com a visualidade ortogonal, uma vez que a fonte serifada e a margem direita desalinhada, emulando um texto produzido em máquina de escrever, distinguem a imagem do livro mirabolante, descrita por Júlia na carta, do singelo resultado gráfico de *Correspondência completa*. Ao mesmo tempo, retomando a seu modo a famosa divagação de Mallarmé ("tudo, no mundo, existe para acabar num livro"), Ana Cristina faz seu poema caber num livrinho de bolso, desestabilizando as expectativas do leitor "boboca" — como, em outro plano, Júlia provoca o destinatário de sua carta.

Ainda nos anos 1970, Silviano Santiago sintetizou a valorização da experiência imediata da poesia marginal, em detrimento da construção rigorosa do concretismo, como o "assassinato de Mallarmé".[*] Adulterando a cena do crime, no entanto, Ana Cristina Cesar desnorteia os sinais da reaproximação entre arte e vida, reencenando a distância intransponível entre experiência sensível e registro poético. Desse modo, sua escrita convoca o fantasma mallarmaico para assombrar o anseio de plena comunicação entre autor e leitor,[**] nos fazendo lembrar que,

---

[*] O título do ensaio, como indica o próprio autor, é inferido dos versos de Affonso Romano de Sant'Anna: "Sei que nem tudo se faz *pour aboutir à um livre*,/ antes eu quero a vida. A vida/ que está lá fora". Cf. SANTIAGO, Silviano. "O assassinato de Mallarmé". In: *Uma literatura nos trópicos*. Ed. ampl. Recife: Cepe, 2019, p. 232.

[**] Parafraseio aqui as palavras de Cacaso sobre o trabalho de divulgação de Chacal: "Neste contexto, entre o poeta e o eventual leitor já nasce o pretexto para uma conversinha; está quebrada a tradicional distância que costuma separá-los. [...] O interlocutor não deve afetar mais nenhum artificialismo quando fala de literatura, pois nem ela é um discurso isolado e contraposto à sua experiência, nem ele é tomado por especialista". BRITO, Antonio Carlos de. "Tudo da minha terra:

mesmo quando se quer totalmente rente à vida, a poesia — como, de resto, toda a linguagem — se faz também de lapsos e mal-entendidos.

Outro poeta que, na década de 1970, subverte as dicotomias então em voga é Duda Machado. Participando ativamente do momento pós-tropicalista como diretor de espetáculos (o show *Deixa sangrar*, de Gal Costa) e como letrista de canções ("Hotel das estrelas" e "Só morto", ambas em parceria com Jards Macalé), Duda foi um dos organizadores da revista *Polem*, irmã menos reconhecida da cultuada *Navilouca*, com a qual compartilha a maioria dos colaboradores — Augusto de Campos, Caetano Veloso, Chacal, Décio Pignatari, o próprio Duda Machado, Haroldo de Campos, Hélio Oiticica, Ivan Cardoso, Rogério Duarte, Torquato Neto, Waly Sailormoon.

O nome da revista, associado inicialmente ao elemento de reprodução das flores ("pólen"), ressoa também a tônica proparoxítona da palavra "polêmica", aspecto reiterado pelos dois slogans anônimos impressos na primeira página do volume: "Polem não é flor que se cheire" e "só polem tem ica".[*] Publicada em 1974, um ano após a realização da Expoesia I, a revista completa o quadro proposto pelo evento da PUC-Rio, promovendo o frutífero encontro entre os poetas concretos e os artistas tropicalistas — que, no mais, se consideravam mesmo, em alguma medida, herdeiros do grupo Noigandres.

→ bate-papo sobre poesia marginal". In: *Almanaque — cadernos de literatura e ensaio*, n. 6. São Paulo: Brasiliense, 1978, p. 41.

[*] *Polem*. Editores: Duda Machado e Hélio R. S. Silva. Rio de Janeiro: Lidador, 1974, p. 1.

O que talvez seja pouco enfatizado, no entanto, é o influxo contrário: se as experimentações dos jovens poetas de *Navilouca* e *Polem* são desdobramentos do aparato verbovocovisual dos concretistas, como ignorar a influência da contracultura em "tatibitexto", de Haroldo de Campos, "Noosfera", de Décio Pignatari, ou mesmo no tom derrisório de "Soneterapia", de Augusto de Campos? Mesmo que tenham mantido uma rigorosa seletividade estética, imposta pela própria dinâmica do movimento, os poetas concretos foram também tomados pela emergência corporal dos anos 1970, como podemos ver na conhecida foto, publicada na *Navilouca*, em que Augusto, Décio e Haroldo reproduzem uma imagem icônica do trio Noigandres nos anos 1950: ostentando barbas rebeldes e camisas estampadas, os poetas já na casa dos quarenta anos parecem muito mais jovens do que suas comportadas feições na flor da mocidade.[*]

Em Duda Machado, a contracultura aparece como uma força de desestabilização da visualidade concretista — que, pela imposição da simetria geométrica, sempre tendeu à estrutura em quadrícula. Isso fica patente, desde o título, nos poemas "rosa tumultuada",[**] publicado na *Navilouca*, e "paint it black", publicado na *Polem*.

[*] Sobre a dimensão corporal na obra dos poetas concretos e "pós-concretos" nos anos 1970, recomendo a leitura do ensaio de Eduardo Sterzi, "A pele do poema: a dimensão tátil da poesia dita visual". In: FERREIRA, Ermelinda Maria Araújo (Org.). *Abordagens intersemióticas: artigos do I Congresso Nacional de Literatura e Intersemiose*. Recife: Núcleo de Estudos de Literatura e Intersemiose, 2021, pp. 83-108.

[**] Uma análise acurada desse poema é proposta por Fabio Weintraub no ensaio "Luto e tatuagem: violência e marginalidade na poesia de Duda Machado". In: BOSI, Viviana; NUERNBERGER, Renan (Orgs.). *Neste instante: novos olhares sobre a poesia brasileira dos anos 1970*. São Paulo: Humanitas, 2018, pp. 329-50.

Sob um fundo negro que ocupa todo o espaço da página, a palavra de ordem em inglês se impõe em letras gigantes: "paint it black", canção de Mick Jagger e Keith Richards, aparece numa grafia manuscrita com traços instáveis, em contraste com citações de versos, impressos limpidamente em fonte sem serifa, de Mallarmé em francês ("le blanc souci de notre toile") e de João Cabral em português ("a luta branca sobre o papel/ que o poeta evita"). Contra o branco como silêncio ao redor da *poésie pure*, o negro enérgico do som barulhento dos Rolling Stones.

Por outro lado, é o fundo negro da página que dá a ver os versos impressos em branco. Sem negar a tradição mallarmaico-cabralina, da qual deriva a poesia concreta, "paint it black" tensiona os dois elementos, dando vida nova à assim chamada poesia pura na mesma medida em que sinaliza seus limites: ao manchar sordidamente a página em branco — como fez, de diversos modos, toda a linhagem irônico-coloquial desde Laforgue e Corbière —, o poeta compõe aqui sua própria mistura adúltera de tudo.* Assim, parafraseando outra canção dos Stones, o poema de Duda Machado deixa a geometria construtivista sangrar, engendrando um gesto que comparece, de variadas maneiras, em muitas outras obras do mesmo período, como a escultura *Prismas*, de Neide Sá, a cadeia de imagens *Elo*, de Iole de Freitas, ou o romance *Catatau*, de Paulo Leminski.

---

* Essa formulação é também derivada da reflexão de Viviana Bosi sobre *Polem*: "Reconhecemos a marca dos concretos na capa: paisagem urbana paulistana onde, em meio aos prédios, entrevemos os nomes dos colaboradores em retângulos coloridos. Mas do lado de dentro, afora as referências culturais altas, verifica-se o mesmo '*mélange adultère de tout*' com música pop e underground". In: BOSI, Viviana. *Poesia em risco: itinerários para aportar nos anos 1970 e além*. São Paulo: Ed. 34, 2021, p. 407.

Quando o rótulo de poesia marginal, centrado em determinada produção do Rio de Janeiro e de Brasília, se impôs como o grande fenômeno poético no Brasil dos anos 1970, houve uma tendência crítica de limitar as experimentações "pós-concretistas" como etapa de um momento anterior à explosão da vitalidade da "geração mimeógrafo". Já tive a oportunidade de mostrar em outro estudo* que essa periodização, plenamente justificada pelas acaloradas disputas entre grupos rivais, não se sustenta no panorama daquela década: de um lado, apesar do franco combate de Cacaso contra o concretismo, a visualidade lúdica de Chacal ou de João Carlos Pádua permite que vislumbremos outros modos de relação entre poesia concreta e marginal; do outro, apesar dos constantes ataques dos jovens "pós-concretos" — da Bahia (Antonio Risério), de São Paulo (Régis Bonvicino), do Paraná (Alice Ruiz), de Minas Gerais (Carlos Ávila) — contra os marginais do Rio, a linguagem pop da maioria dos poemas publicados na revista *Muda* (1977) poderia facilmente ser incluída, sem contrariar o desenho geral do volume, na antologia *26 poetas hoje*.

Neste momento, porém, quero finalizar com uma nova observação. É sabido que Cacaso defendia a ideia de que o conjunto da poesia marginal resultaria num *poemão*, "como se todos estivéssemos escrevendo o mesmo poema a 1.000 mãos".** Essa proposta, considerando a necessidade de reconstrução do senso de comunidade após o esgarçamento

---

* NUERNBERGER, Renan. *Inquietudo: uma poética possível no Brasil dos anos 1970*. Universidade de São Paulo, 2014. Dissertação de mestrado (Teoria Literária e Literatura Comparada).

** Apud HOLLANDA, Heloísa Buarque de. "Posfácio". In: *26 poetas hoje*. 2ª ed. Rio de Janeiro: Aeroplano, 1998, p. 261.

dos laços sociais operado pela violência estatal da ditadura,* traz consigo um evidente anseio de totalização, num momento em que começam a se esboçar, nos países centrais, as primeiras formulações do que ficaria conhecido como condição pós-moderna, caracterizada por uma reiterada desconfiança contra as "metanarrativas totalizantes".

Essa contradição talvez revele algo específico do contexto brasileiro: desde a década de 1970 até o final do século passado, houve uma grande recorrência de imagens totalizantes na produção poética do país, seja como anseio de expansão das possibilidades criativas — o poema "inquietudo", de Régis Bonvicino, o ensaio "Tudo da minha terra", de Cacaso, o livro *Comício de tudo*, de Chacal —, seja como necessidade de encerramento de um determinado ciclo — o livro *Museu de tudo*, de João Cabral, o ensaio "Tudo, de novo", de Paulo Leminski, o poema "Eta-ferro", de Chico Alvim — ou, ainda, como dupla operação, na qual o encerramento parece converter-se em expansão — o poema "pós-tudo", de Augusto de Campos, o ensaio "pós-utópico", de Haroldo de Campos, o livro *Tudos*, de Arnaldo Antunes.

Extrapolando um pouco, não seria exagero dizer que a poesia brasileira da segunda metade do século 20 é profundamente marcada pelo descompasso entre o luto (não realizado) da experiência moderna, cuja força expressiva assombrou e iluminou as gerações seguintes, e o empenho

---

* Esse esgarçamento produzido pela ditadura aparece como problema também em outros meios artísticos, como as artes plásticas, o teatro, o cinema ou o romance. Sobre a questão nesses dois últimos, indico o trabalho de Carolina Serra Azul Guimarães. *A Festa, A Queda: romance e cinema no Brasil dos anos 1970*. Universidade de São Paulo, 2022. Tese de doutorado (Teoria Literária e Literatura Comparada).

genuíno em manter-se profundamente aberta ao momento presente, buscando dar conta (em termos artísticos) das demandas trazidas pelas novas configurações do país. Talvez esse descompasso ainda não tenha se desfeito de todo, ainda que as bases que o sustentavam — grosso modo, o projeto de formação nacional, que repararia os problemas históricos da ex-colônia — sejam vistas, por entusiastas e detratores, cada vez mais como uma distante miragem.

Obviamente, e isso o próprio Cacaso sabia, aquelas "1.000 mãos" que escreveriam juntas o mesmo poema, não contemplam todas as mãos dedicadas à escrita na década de 1970. Dessas ausências, aliás, surgem iniciativas importantes como os *Cadernos negros*, cuja primeira edição (organizada por Cuti e publicada pelo coletivo Quilombhoje) é de 1978.

Sem ignorar essas contradições, porém, é preciso insistir, com outra tônica, no gesto de Cacaso: somente o diálogo formal entre diferentes poetas, inevitavelmente permeado por posições antagônicas, permitirá a consolidação da ampliada comunidade poética que tem se revelado desde a última década. Quando conseguirmos, no lugar da estratégica omissão, estabelecer um respeitoso dissenso entre nós (em oposição aos verdadeiramente nefastos ataques da extrema direita), talvez estejamos mais perto de alguma resistência cultural contra a força dissolvente do neoliberalismo contemporâneo, para o qual — há tempos — já não há mais sociedade.

Copyright © 2024 Renan Nuernberger

Todos os direitos reservados. Nenhuma parte desta obra pode ser reproduzida, arquivada ou transmitida de nenhuma forma ou por nenhum meio sem a permissão expressa e por escrito da Editora Fósforo.

DIREÇÃO EDITORIAL Fernanda Diamant e Rita Mattar
COORDENAÇÃO DA COLEÇÃO E EDIÇÃO Tarso de Melo
COORDENAÇÃO EDITORIAL Juliana de A. Rodrigues
ASSISTENTES EDITORIAIS Millena Machado e Rodrigo Sampaio
DIRETORA DE ARTE Julia Monteiro
IMAGEM DA CAPA *O tecido do domingo* © Raul Pedreira
REVISÃO Eduardo Russo
PROJETO GRÁFICO Alles Blau
EDITORAÇÃO ELETRÔNICA Página Viva

A marca FSC® é a garantia de que a madeira utilizada na fabricação do papel deste livro provém de florestas gerenciadas de maneira ambientalmente correta, socialmente justa e economicamente viável e de outras fontes de origem controlada.

Dados Internacionais de Catalogação na Publicação (CIP)
(Câmara Brasileira do Livro, SP, Brasil)

Nuernberger, Renan
    Mistura adúltera de tudo : a poesia brasileira dos anos
1970 até aqui / Renan Nuernberger. — São Paulo : Círculo
de Poemas, 2024.

    ISBN: 978-65-84574-60-1

    1. Ensaios brasileiros 2. Poesia 3. Literatura brasileira
I. Título.

23-181563   CDD — B869.4

Índice para catálogo sistemático:
1. Ensaios : Literatura brasileira   B869.4

Tábata Alves da Silva — Bibliotecária — CRB-8/9253

circulodepoemas.com.br
fosforoeditora.com.br

Editora Fósforo
Rua 24 de Maio, 270/276, 10º andar
01041-001 — São Paulo/SP — Brasil

Que tal apoiar o Círculo e receber poesia em casa?

O que é o Círculo de Poemas? É uma coleção que nasceu da parceria entre as editoras Fósforo e Luna Parque e de um desejo compartilhado de contribuir para a circulação de publicações de poesia, com um catálogo diverso e variado, que inclui clássicos modernos inéditos no Brasil, resgates e obras reunidas de grandes poetas, novas vozes da poesia nacional e estrangeira e poemas escritos especialmente para a coleção — as charmosas plaquetes. A partir de 2024, as plaquetes passam também a receber textos em outros formatos, como ensaios e entrevistas, a fim de ampliar a coleção com informações e reflexões importantes sobre a poesia.

Como funciona? Para viabilizar a empreitada, o Círculo optou pelo modelo de clube de assinaturas, que funciona como uma pré-venda continuada: ao se tornarem assinantes, os leitores recebem em casa (com antecedência de um mês em relação às livrarias) um livro e uma plaquete e ajudam a manter viva uma coleção pensada com muito carinho.

Para quem gosta poesia, ou quer começar a ler mais, é um ótimo caminho. E para quem conhece alguém que goste, uma assinatura é um belo presente.

CÍRCULO DE POEMAS

LIVROS

1. **Dia garimpo.** Julieta Barbara.
2. **Poemas reunidos.** Miriam Alves.
3. **Dança para cavalos.** Ana Estaregui.
4. **História(s) do cinema.** Jean-Luc Godard (trad. Zéfere).
5. **A água é uma máquina do tempo.** Aline Motta.
6. **Ondula, savana branca.** Ruy Duarte de Carvalho.
7. **rio pequeno.** floresta.
8. **Poema de amor pós-colonial.** Natalie Diaz (trad. Rubens Akira Kuana).
9. **Labor de sondar [1977-2022].** Lu Menezes.
10. **O fato e a coisa.** Torquato Neto.
11. **Garotas em tempos suspensos.** Tamara Kamenszain (trad. Paloma Vidal).
12. **A previsão do tempo para navios.** Rob Packer.
13. **PRETOVÍRGULA.** Lucas Litrento.
14. **A morte também aprecia o jazz.** Edimilson de Almeida Pereira.
15. **Holograma.** Mariana Godoy.
16. **A tradição.** Jericho Brown (trad. Stephanie Borges).
17. **Sequências.** Júlio Castañon Guimarães.
18. **Uma volta pela lagoa.** Juliana Krapp.
19. **Tradução da estrada.** Laura Wittner (trad. Estela Rosa e Luciana di Leone).
20. **Paterson.** William Carlos Williams (trad. Ricardo Rizzo).
21. **Poesia reunida.** Donizete Galvão.
22. **Ellis Island.** Georges Perec (trad. Vinícius Carneiro e Mathilde Moaty).
23. **A costureira descuidada.** Tjawangwa Dema (trad. floresta).
24. **Abrir a boca da cobra.** Sofia Mariutti.

PLAQUETES

1. **Macala.** Luciany Aparecida.
2. **As três Marias no túmulo de Jan Van Eyck.** Marcelo Ariel.
3. **Brincadeira de correr.** Marcella Faria.
4. **Robert Cornelius, fabricante de lâmpadas, vê alguém.** Carlos Augusto Lima.
5. **Diquixi.** Edimilson de Almeida Pereira.
6. **Goya, a linha de sutura.** Vilma Arêas.
7. **Rastros.** Prisca Agustoni.
8. **A viva.** Marcos Siscar.
9. **O pai do artista.** Daniel Arelli.
10. **A vida dos espectros.** Franklin Alves Dassie.
11. **Grumixamas e jaboticabas.** Viviane Nogueira.
12. **Rir até os ossos.** Eduardo Jorge.
13. **São Sebastião das Três Orelhas.** Fabrício Corsaletti.
14. **Takimadalar, as ilhas invisíveis.** Socorro Acioli.
15. **Braxília não-lugar.** Nicolas Behr.
16. **Brasil, uma trégua.** Regina Azevedo.
17. **O mapa de casa.** Jorge Augusto.
18. **Era uma vez no Atlântico Norte.** Cesare Rodrigues.
19. **De uma a outra ilha.** Ana Martins Marques.
20. **O mapa do céu na terra.** Carla Miguelote.
21. **A ilha das afeições.** Patrícia Lino.
22. **Sal de fruta.** Bruna Beber.
23. **Arô Boboi!** Miriam Alves.
24. **Vida e obra.** Vinicius Calderoni.

**CÍRCULO
DE POEMAS**

Este livro foi composto em GT Alpina e
GT Flexa e impresso pela gráfica Ipsis
em dezembro de 2023. Talvez
como nunca, neste momento
nossa tarefa é ainda a de
tornar o presente habitável.

**CÍRCULO
DE POEMAS**